LA REVANCHE DES PETITS SEINS

E.L.N.Z.

Dépôt légal : novembre 2017
Copyright Realities Inc.
ISBN : 979-10-95442-19-6
Image de couverture : Floriane Moisan

Realities Inc.
2 rue des Promenades
22000 Saint-Brieuc

LA REVANCHE DES PETITS SEINS

A.

Les portes chromées se referment en douceur sur moi. J'appuie sur le bouton quatre, l'ascenseur s'ébranle et quitte le rez-de-chaussée sans plus tarder. Les vibrations qui parcourent le métal intensifient le léger tremblement de mes mains et j'inspire profondément, en quête de calme. Il me semble déjà sentir dans cet espace confiné les premiers relents de produits médicaux. Sottises. Autour, nul regard à croiser, nul sourire timide à échanger, je suis seule avec mon sac à main, mes attentes et mes angoisses. Déjà deux essais infructueux de fécondation in vitro, il *faut* que celle-ci soit la bonne. Non seulement mon compte bancaire se rapproche de la zone rouge mais en plus, d'ici trop peu de temps, le délai accordé par le décret de bioéthique aux veuves dans ma condition arrivera à son terme. Et je n'aurai alors plus qu'à pleurer sur mon dernier rêve.

La cabine avale les deux premiers étages sans heurts avant de s'arrêter au troisième, et ma bulle de silence éclate sur un couloir vert pâle. Une femme frêle, aux cheveux coupés à la garçonne s'engouffre. Ses yeux sont les reflets des miens : deux billes d'espoir et d'appréhension. Je me décale et nous nous saluons d'un bref hochement de tête avant de retourner chacune vers nos préoccupations respectives. Son index presse le cinq, elle va à la chirurgie esthétique et réparatrice. Nous décollons sans un mot.

Après un temps infime, le quatrième étage, enfin. Je sors, le regard rivé sur le sol. Quelque part dans ce couloir blanc, une salle et un médecin m'attendent pour tenter une fois de plus de défier mon sort grâce à un geste purement technique. Et pourtant, je ne peux m'empêcher de serrer contre moi mon sac avec ses deux grigris dedans.

*

Quelques jours plus tard.
A.

La chantilly est dissoute depuis longtemps dans mon cappuccino, mais je continue à touiller le liquide marron fade, totalement absente. Je n'ai pas vraiment envie de ce café. Ce n'est qu'un prétexte pour sortir, j'allais user le tapis de ma salle à manger à force de tourner en rond. C'est pourquoi je me retrouve assise à une terrasse quelconque, à regarder les passants profiter des premières heures ensoleillées du printemps et à guetter le moindre sursaut de vie de mon portable. Malgré le beau temps, je me sens en marge de tout ces gens qui se baladent avec insouciance, les yeux pétillants et le sourire large. J'ai froid, je tremble. Je vais bientôt savoir si l'implantation a fonctionné.

Attablée juste devant moi, une mère accompagnée de son conjoint allaite son bébé. Ils m'ont demandé si cela me dérangeait, ma voix a sonné terriblement faux quand je leur ai assuré que non. Aucun des deux ne peut deviner ce que cela soulève en moi, j'ai toutes les peines du monde à détourner les yeux de ce spectacle maternel. Immanquablement, j'oscille entre la terrasse, le sein et le bébé. Quand ce n'est pas le téléphone.

Justement… quand on parle du loup… les premières notes d'une sonnerie très familière me figent. Une fraction de seconde, je hais la mélodie pour son emprise sur moi et l'envie idiote de jeter au sol ce satané mobile me saisit, vite balayée par l'espoir. Je prends l'appareil. Ce sont bien eux. Le souvenir des deux appels précédents me frappe au creux de l'estomac et je fais courir d'un doigt maladroit l'icône verte.

« Mme B. ?

— C'est moi-même.

— Ici la Clinique des Soleils, je vous appelle au sujet des résultats.

— …

— Mme B. ?

— Oui, je suis là.

— Je suis au regret de vous dire qu'ils sont négatifs.

— … »

Le blanc. Le blanc total dans mon cerveau quand j'entends ces mots. Je ne sais pas combien de temps je reste ainsi, suspendue dans le vide, avant que le silence au bout de la ligne ne finisse par me ramener à la réalité. Il me semble que la secrétaire a ajouté quelque chose après les résultats avant de raccrocher mais je suis incapable de m'en rappeler. Un seul mot tournoie dans ma tête : négatifs. Ce qui signifie qu'une fois de plus, je demeure une coquille vide et que tout est à recommencer. *Encore*.

D'un geste lent, je repose le téléphone de malheur sur la table. Devant moi, le nouveau-né continue de téter avec force, sous le regard extasié de sa mère qui ne paraît pas souffrir de sa voracité. Je soupire sur la tasse encore pleine et vraiment répugnante à présent. Plongée dans ma déception, je ne m'aperçois pas tout de suite que la serveuse attend patiemment à mes côtés pour l'addition. À en croire le coup d'œil qu'elle jette au couple, elle non plus n'est pas très heureuse de les voir. Elle me rappelle un peu ma demi-sœur, Caroline, serveuse aussi, entre autres. Je devrais l'appeler. Elle me manque.

J'ouvre mon sac, farfouille dedans, tends la monnaie et me lève dans la foulée avec une seule idée en tête : rentrer me terrer chez moi. Au passage, les deux jeunes parents me gratifient d'un sourire, que je parviens à leur rendre sans conviction. La nausée me guette. Quelle ironie.

*

Sept mois plus tard.
Y.

J'arpente en long et en large la salle d'examen, ma plaquette de comprimés d'androgènes dans la poche. Aujourd'hui est un jour vraiment spécial, je fête mes deux ans de traitement et on me retire l'utérus dans quelques heures… mon rêve est sur le point de se réaliser !

Je dois voir le chirurgien là, maintenant, pour les derniers détails avant l'intervention, mais il a du retard, du coup, j'ai vraiment du mal à me concentrer à cause de l'excitation, mes pensées sautent de souvenir en souvenir. Elles reviennent sans cesse au jour où tout a basculé. Avant, on regardait avec indulgence et/ou amusement mes manies de gosse mais, après ce jour, les gens ont commencé pour la première fois à me regarder franchement de travers. Je m'en souviens comme si c'était hier. Je venais d'entrer en sixième, j'avais onze ans, un corps à peine sexué et une façon de m'habiller très garçonne. Le collège représentait pour moi un univers inconnu, nouveau et porteur de libertés. Insouciant et grisé, j'ai commis une erreur dès le premier cours de sport, je suis entré dans les vestiaires des garçons pour m'y changer. Naturellement.

Au début, ils ne m'ont pas remarqué, la pièce était presque déserte et l'ambiance morose, ils se changeaient tous tournés vers les murs. J'ai posé mes affaires sur un banc et retiré mes baskets au milieu de l'indifférence générale. Je passais mon T-shirt par-dessus ma tête quand le premier a commencé à beugler dans mon dos, littéralement. Puis, ça a été les autres. Je me souviens de m'être retourné, le tissu encore autour du cou, et d'avoir ouvert des yeux grands comme des soucoupes quand j'ai réalisé qu'ils criaient après moi. Je ne comprenais pas ce qui clochait, je me sentais à ma place.

La porte s'est ouverte à toute volée et la prof, alertée par le bruit, a surgi dans l'encadrement. Elle est restée clouée une fraction de seconde en me voyant puis m'a foncé droit dessus. Le visage cramoisi, elle m'a ordonné de me rhabiller et m'a traîné à travers la pièce, en jurant contre mon inconscience, avant de me larguer dans le vestiaire des filles. Debout, entouré des autres qui me dévisageaient d'un air soupçonneux pendant que je ravalais mes larmes, je n'ai pas plus percuté. Ce n'est qu'après, en entendant les chuchotis sur mon passage, dans le bahut, que j'ai saisi que mon geste avait changé ma vie, que j'étais à présent devant un choix : soit renoncer à moi-même, soit me cacher ou bien assumer.

Certaines nuits, je rêve encore de ce moment. De leurs yeux, leurs cris, leur effroi. De la colère paniquée de la prof, du fossé dont je n'avais pas conscience avant et qui existait déjà. Quand j'étais gamin, ma mère s'obstinait à me faire porter du rose, comme pour lutter contre mes lubies de délaisser les jeux « de filles » et ma tendance à préférer les vêtements de garçon. Mon père, lui, m'encourageait dans mes manies. Je suppose qu'il voyait en moi le *petit mec* qu'il n'avait pas eu. Aujourd'hui, mes parents ne saisissent pas vraiment encore qui je suis. Elle, elle se rend malade pour les cachets et l'opération ; lui ne dit plus rien. À la différence de ma mère, il a compris que je n'ai jamais été sa petite fille chérie. Ma mère lui en veut toujours et, parfois, je me demande si une part honteuse en elle ne peut s'empêcher de penser qu'un truc ne tourne pas rond chez moi. Certaines personnes croient même que les gens comme moi ont une « tare ». Tare. Ma mère a dû m'expliquer ce mot un soir après les cours, il faisait partie de ceux que j'entendais sur mon passage dans les couloirs ou les salles. Elle me tournait le dos quand j'ai posé ma question, je l'ai vue baisser la tête et elle ne m'a pas répondu tout de suite. Une part d'elle-même pensait et pense-t-elle la même chose, tout au fond ? Je préfère ne pas savoir…

Clic !

Je sursaute, arraché à mes pensées. C'est simplement la porte qui s'ouvre, imbécile ! Je pivote et aperçois un visage avenant bien connu. Le psy. En voilà un qui ne considère pas que j'aie une quelconque tare. Je l'ai vu plusieurs fois avant de pouvoir entamer toute démarche de transformation. Au dernier entretien préchangement, il a validé ma démarche et m'a dit que je pourrais bientôt être heureux, être à ma place. Que mon corps ne m'embarrasserait plus. Ça a été comme s'il m'annonçait une seconde naissance, la bonne cette fois-ci.

Je retourne à l'homme le large sourire qu'il m'adresse. C'est une visite surprise de courtoisie, pour le jour J. Ça me fait chaud au cœur. Personne n'a aucune gêne envers moi, ici. Heureusement. En silence, il me montre du doigt la pendule murale et mon sourire s'accentue encore, au-delà de ce que je pensais possible. Plus que deux heures avant l'opération.

*

Le même jour.
A.

D'une minute à l'autre, je vais rencontrer le médecin, l'éminent ponte vers lequel je me suis tournée à quatre reprises maintenant pour réaliser mon vœu. Sept mois se sont écoulés depuis mon dernier échec. Cinq pour réunir l'argent nécessaire, deux pour le traitement hormonal, l'implantation et l'attente des résultats. Positifs cette fois! J'en suis tellement soulagée… à quelques mois près c'en était fichu de mes tentatives pour avoir un enfant de Stephan… trois ans, c'est tellement long et court à la fois comme délai! Je sais bien qu'il n'y a pas loisir à se plaindre, que beaucoup de pays n'autorisent pas la procréation à partir du sperme d'un époux défunt, mais… enfin. Inutile de penser à ça désormais. L'important est que cela ait réussi. Que j'aie pu perpétuer notre projet commun, du temps où Steph était encore là. Il serait si content s'il me voyait attendre dans cette salle… après tout ce temps où nous avons essayé d'avoir un enfant par FIV avant que ce stupide accident de la route ne me l'arrache brutalement! Je le reconnais, c'est de ma faute aussi en plus, j'ai perdu un temps précieux à hésiter sur la démarche après… après ce fameux jour noir. J'étais en proie aux doutes. N'était-ce pas morbide de poursuivre notre entreprise? Est-ce que nos familles respectives comprendraient? Si cela réussissait, comment réagirait l'enfant quand je lui expliquerais tout cela? Et que lui dire?

Autant de questions auxquelles je ne trouvais pas de réponses sur le moment et auxquelles je ne suis pas sûre d'en avoir trouvé depuis, d'ailleurs. Mais Steph désirait avoir un enfant, coûte que coûte, quoiqu'il arrive. Le médecin m'avait avoué avoir eu une conversation de ce type avec lui avant sa mort. Et moi aussi je le voulais. Alors… après tout… si moi je ne souhaitais pas risquer de transmettre mon patrimoine génétique à cause d'une maladie héréditaire, Steph, lui, le pouvait encore. Au-delà de la mort. Il pouvait vivre à travers la mort. *Il va vivre* à travers la mort. Et cet enfant est et sera un beau fruit de l'amour. Oui. Un fruit rare et précieux, même si je sais qu'il me faudra assumer le regard des autres quand je devrai expliquer sa date de naissance et celle du décès de son père. Qu'importe. Je ferai face. Je sais pourquoi j'ai fait cela !

Non loin sur ma droite, un bruissement de papier me tire soudainement de mes réflexions. Je crois rêver… c'est la femme de l'ascenseur ! Encore ! Le visage à moitié mangé par un ficus, elle feuillète un magazine d'un air concentré. Comme elle a changé ! Son visage s'est masculinisé, un duvet recouvre le dessus de sa lèvre supérieure et sa mâchoire me paraît plus carrée. La plante m'empêche de voir sa silhouette, je me demande si ce qu'elle lit parle de potins ou de motos. Quoi qu'il en soit, ce n'est pas moi qui lirais quelque chose, là, tout de suite. J'ai l'estomac trop noué par l'angoisse pour pouvoir me concentrer. J'ai peur. Peur de perdre l'enfant maintenant qu'il est là. Peur de voir mes espoirs à nouveau réduits en cendres. Peur de me retrouver en train de me vider de mon sang sur le carrelage de la salle de bain. Les trois prochains mois vont être cruciaux, le risque de fausse couche est important compte tenu de mon âge et de ma difficulté à avoir des embryons qui s'accrochent à mon utérus… et comme j'ai des élancements quelques fois… comme en ce moment même… mais ça, ça doit être le stress d'être ici. Sûrement. J'ai demandé cette entrevue pour me rassurer sur l'évolution mais la clinique exerce toujours un effet crispant sur moi.

On m'appelle. C'est mon tour, enfin !

*

C.

J'ai vingt-cinq ans. Vingt-cinq ans et deux boulots. Avec la précarité en prime. Les week-ends, je sers des dizaines de glaces ou de desserts à des gosses bavants, piaillants et intenables les trois quarts du temps, et des cafés à la pelle pour leurs parents. Certains de ceux-là me regardent avec un air de « touché par la Grâce » et me sourient pour quêter mon indulgence, d'autres sont au bout du rouleau. Parfois, trop souvent à mon goût, ils sont aussi mal élevés que leurs enfants. Et puis à côté de ça, en semaine, je travaille dans une entreprise en CDD. J'apporte les cafés, je range les archives, je fais la compta. On me donne ce qu'il y a de plus passionnant parce que je suis jeune, arrivée après les autres et passagère. Mais ça n'aurait pas d'importance si je n'étais pas obligée de les supporter, elles. Mes collègues de bureau. Trentenaires ou quadra, une maison, une voiture et un crédit. Plus ou moins le jardin et le chien qui vont avec. J'ai l'air cynique comme ça, mais elles me font vivre un enfer. Je n'appartiens pas à leur groupe, je le sais, elles le savent, et elles ne se privent pas de me le rappeler sans arrêt.

Je ne convoite pas leur idéal de vie et, pire que tout, *je ne veux pas d'enfants*. Je veux me consacrer à mon épanouissement personnel, à mon travail, à mes amis, et à ma famille. Mais, je ne veux pas d'enfants. Je ne suis donc bonne à rien et mon existence est superflue. Je suis l'incarnation égoïste de ces jeunes qui, de nos jours, ne pensent plus qu'à eux-mêmes. Alors, pourquoi ma grand-mère me dit-elle que si elle avait eu le choix et la possibilité, elle aurait probablement fait comme moi ? Mes collègues s'imaginent que je suis une dépravée qui traîne toute la nuit dehors, jamais dans son lit et toujours dans celui des autres. Que je suis une femme qui ne donnera jamais rien de bon, ni de stable. Une femme qui ne s'accomplira jamais. Une de ces femmes qui ignorent que le bonheur passe par un mari et des enfants, une de celles qui se morfondront quand la vieillesse viendra, quand la ménopause sèchera leur peau et leurs ovaires. Une femme, carriériste, qui n'aura plus que ses larmes quand la retraite viendra, si elle vient un jour.

Tu n'as pas l'instinct maternel, tu n'es pas une vraie femme et tu ne le seras jamais.

Tu as vécu des trucs quand tu étais gamine ?

T'es lesbienne ?

…

Je ne suis aucune de ces femmes.

Je ne veux pas d'enfants, je n'en ai pas envie. Jamais je n'ai éprouvé le désir, le besoin, la nécessité de faire perdurer mon patrimoine génétique, au grand dam de ma sœur qui, elle, n'a toujours désiré que ça mais ne peut raisonnablement le faire. Je crois même que si je devais vraiment avoir un enfant, je préférerais en adopter un grand. Je ne supporte pas les cris des bébés. Et un bébé silencieux, ça n'existe pas. Je préfère ne pas en avoir que d'en arriver à le détester. Que de me sentir persécutée par lui, nuit et jour. Quand on voit ce que ça peut donner, avec ces bébés dans les congélos…

Je connais mes faiblesses, mes défauts et mes limites. Comme tout le monde, je suis imparfaite. Je n'ai pas de fibre maternelle, est-ce que c'est pour autant un défaut de fabrication ou une faille ? Est-ce que je dois m'efforcer de surpasser ça ? Non, je ne pense pas. J'espère que non. Je préfère ne pas avoir d'enfants que d'en faire un malheureux. Ça ne sert à rien d'avoir un gosse pour ensuite ne pas lui donner l'amour qu'il mérite et la meilleure vie possible. *« Excuse-moi mon chéri mais je me suis forcée à te faire pour rentrer dans les cases. Désolée si, au fond de moi, une petite voix me demande de temps en temps ce que ça aurait été si… »*. Non. Jamais.

Et vouloir me faire croire qu'elles sont les plus heureuses du monde alors que je suis une créature en perdition est une folie.

*

C.

La radio posée sur le sol recrache faiblement *We are family*, le tube des années soixante-dix des Sisters Sledge. *We are family, I've got all my sisters with me. We are family…* j'aime bien ce titre. Il est entraînant, joyeux et vif. Il ne prend pas la tête, pas comme les trois autres qui partagent mon bureau. Deux ont le visage fermé, la troisième me jette des regards acérés et cette chanson n'arrange en rien l'ambiance.

Toute la journée, elles n'ont cessé de se rengorger et de s'extasier sur les exploits de leurs chérubins. Rien n'a été omis, depuis leur capacité à avaler n'importe quoi jusqu'à la couleur et la texture des déjections. Chaque fois que la discussion mourait, une des trois trouvait le moyen de ramener ça sur le tapis et les deux autres s'y engouffraient. Penchée sur mes archives, j'ai feint pendant toutes ces heures de ne pas voir les regards apitoyés et insistants qu'elles me lançaient, ainsi que leurs allusions au bonheur que rataient les femmes sans enfants. J'ai fini par craquer en leur assurant le nez dans les pages que je n'échangerais ma place contre la leur pour rien au monde. Ça m'a soulagée, même si je regrette d'avoir cédé à leur petite guerre des nerfs. Je ne sais pas quelle mouche les a piquées aujourd'hui, mais leur jeu a atteint des sommets : je n'en pouvais plus.

Franchement. Elles le font exprès, pour me convaincre en dépit de mon choix ou juste parce qu'elles se sentent en supériorité ici, à trois contre une. Qui avouerait être vraiment ravi de se lever toutes les deux ou trois heures parce que Bébé pleure ? Qui n'avouerait pas en avoir marre de temps en temps et qui n'avouerait pas craquer quelquefois ? Qui croit encore à l'extase permanente ?

Je vois bien à leurs yeux gonflés et rougis que leurs belles paroles masquent une réalité beaucoup moins rose. Croient-elles que je ne vois pas les cannettes de taurine ou les gobelets de café qui s'entassent dans leurs corbeilles ? Que je ne vois pas leurs bouches s'affaisser et leurs paupières refouler des larmes de fatigue ? Je les plains. Parce qu'elles ont fait un choix et ne peuvent supporter le mien. Je finis par perdre patience parce que ça fait un an que j'entends presque chaque jour la même chose, la même pression. J'en deviens dure, par leur faute. Fatiguée aussi. À bout. D'habitude, je me contente de bouillir intérieurement et je ne réagis pas à leurs provocations. Je me garde d'énoncer à voix haute mes pensées sur leurs choix. Tout le monde ne peut pas en dire autant dans cette pièce.

*

A.

Je l'ai aperçue aujourd'hui encore. La femme transformée. Avec un sourire maladroit, j'ai osé lui proposer un café. Elle a soupesé ma proposition d'un air hésitant et s'est finalement décidée à dire oui. Elle ressemble vraiment à un homme, je ne sais pas pourquoi je dis encore « elle ». Sans doute parce que le souvenir de notre première entrevue reste gravé dans ma mémoire.

Se vexerait-elle si cela m'échappait par mégarde ?

*

Y.

Je ne sais pas pourquoi j'ai dit oui. Sûrement son air perdu. À vue de nez, je dirais qu'elle en est à son troisième ou quatrième mois de grossesse. Il me semble l'avoir croisée une ou deux fois dans le bâtiment, le ventre aussi plat que le mien. Je parierais qu'elle vient du quatrième étage, celui des FIV. Bizarre qu'elle soit toujours seule pour y aller, bizarre aussi qu'elle semble toujours angoissée malgré la réussite évidente de la dernière intervention. Je me demande si cette expression quitte son visage de temps en temps.

*

A.

Nous n'avons pas beaucoup parlé, juste échangé quelques phrases, lorsqu'une de nous émergeait de ses pensées. Nos silences n'étaient pas gênés ou glacés, ils nous convenaient à toutes les deux. Je ne crois pas avoir gaffé à un moment donné ou, si je l'ai fait, elle ne l'a pas montré. Je ne lui ai pas posé de questions, et elle non plus. Son histoire ne m'indiffère pas, mais je ne m'imagine pas mitrailler de questions une inconnue sur un sujet si sensible et personnel. Moi-même j'aurais quitté

les lieux si elle m'avait assaillie d'une curiosité
malvenue.

Avant de nous quitter, je lui ai annoncé que je
revenais dans deux mois, le seize. Elle aussi. Nous
nous sommes donné rendez-vous. Même sans
parler, le simple fait d'être ici, ensemble dans ce
lieu médical, rapproche. Les gens seuls se repèrent
entre eux. À ce propos, je dois voir ma sœur, ce
soir.

*

Y.

On s'est revus et cette fois-ci, on a mangé
ensemble. J'en suis content. Son visage a pris des
rondeurs même si de grosses valises marquent
encore ses yeux. Elle caresse souvent son ventre
sans y penser, aussi. Faut dire que ça commence à
sérieusement se voir maintenant, à cinq mois. De
mon côté, le protocole est presque terminé. Il ne
restera que les androgènes à prendre à vie mais il
y en a bien qui prennent des médicaments pour
le cœur deux à trois fois par jour alors je ne vais
pas me plaindre… les miens ne témoignent pas
d'une maladie.

J'ai profité de ce moment plus intime que
la machine à café du couloir pour lui raconter
mon parcours, elle n'a pas ouvert de grands yeux
horrifiés. Pas non plus de « *Mmm mmm, oui je
vois… non, je comprends bien… mais… comment
tu peux savoir que tu n'es pas juste une homo qui
n'arrive pas à s'assumer ?* ». Non, rien de tout ça.
Pas non plus de changement de sujet d'un air

embarrassé. Juste une écoute attentive, une tasse de chocolat fumant dans la main. C'est rare. J'apprécie.

*

C.

L'une de mes collègues de boite, Béatrice, est absente depuis dix jours. Personne n'a de nouvelles. Il faut savoir que Béatrice n'est jamais malade, jamais. Gastro, grippes, angines, tout passe à côté d'elle, même si les trois quarts de la population sont décimés. Les rumeurs courent dans notre petite structure, les gens se lancent des regards et cherchent à se renseigner sans avoir l'air d'y toucher. Le coin café regorge de suppositions, cancans et théories farfelues en tous genres. On ne comprend pas.

Du coup, « Béa » est devenue le principal sujet de conversation, mes trois bourreaux en oublient même de parler poupon. Je ne suis plus le centre de leur attention et j'apprécie ce répit même si ce manège est malsain. Comme quoi, tout le monde peut passer de l'autre côté de la barrière « ragots ».

*

A.

Maintenant que mon ventre rond se voit, j'ai l'impression de lire « *Comme vous devez être heureuse!* » dans les yeux de chaque personne que je croise. Et c'est vrai, je le suis. Mais cela ne m'empêche pas de me réveiller la nuit, en sueur et paniquée à l'idée de ne pas savoir m'en occuper, de ne pas savoir faire face seule à cette petite chose fragile.

Mes beaux parents ne comprennent pas ma démarche, je n'attends aucun soutien de leur part. Ils viendront de temps en temps pour voir si je m'occupe bien de leur petit fils mais tout ceci les laisse perplexes. Ils détestent l'idée que Stephan puisse avoir été utilisé après sa mort. Le sperme congelé les offense. Pourtant, il me semble que je ne trahis pas la mémoire de leur fils, au contraire, je la fais perdurer en respectant son souhait…

Mes propres parents, quant à eux, ne soupçonnent même pas que je puisse être la proie d'angoisses. Trois ans et demi que je tente de devenir mère, je *dois* donc être sûre de moi. Mais non. Je suis certaine de vouloir et de chérir cet enfant, mais je ne suis pas sûre de moi ou, plus exactement, du futur. Cela peut paraître idiot ou irrationnel après tant de démarches et tentatives mais je ne peux m'en empêcher. Heureusement, il y a ma sœur et Yves. Lui me comprend, elle aussi, peut-être parce qu'ils n'ont jamais eu l'instinct maternel. Que mon bonheur soit teinté de craintes ne les étonne pas.

*

Y.

Elle en est à sept mois. Ça devient dur pour elle de se bouger entre les tables. On a l'habitude de dîner ensemble une fois par semaine maintenant;

elle se confie sur son bébé et il me semble qu'elle a moins de craintes. J'essaie de la rassurer aussi. J'avoue, je l'aime vraiment bien.

Je suis un homme à l'extérieur maintenant, ça y est. Je ne surprends plus les regards curieux des gens qui voient deux femmes manger ensemble, dont une assez masculine. Je ne sens plus de poids dans mon dos, plus de regard qui me détaille et me fouille.

Hier, nous sommes allés dans le restaurant où sa sœur travaille. J'ai deviné qu'elle lui avait parlé de moi parce qu'elle n'a pas eu l'air surprise en me voyant. Je ne sais pas si elle sait pour mon changement. Peu importe. Elle me regardait étrangement, presque avec satisfaction.

*

C.

Je suis crevée. La journée a été particulièrement éprouvante au bureau. Béatrice ne reviendra pas et je dois faire son travail, pour compenser son absence. Son fils aîné est décédé dans un accident. Tout le monde a été atterré en apprenant la nouvelle, y compris moi. Aucune mère ne mérite ça. Ironie du sort, cela « m'offre » une promotion, son CDI. Je vais pouvoir quitter mon job de serveuse. L'opportunité est triste, mais je ne peux me permettre de cracher dessus. Adieu la précarité, les mômes à supporter, et les trois plaies. J'ai vu pour la première fois l'ami de ma sœur, il y a peu. Je dis « l'ami » parce que je sens qu'il va le devenir. Elle n'en a peut-être pas encore conscience mais ça se voit. Tant mieux. Elle a besoin de quelqu'un après Stephan. Ma sœur n'est pas le genre de personne qui vit seule sans soucis, elle est bien trop anxieuse pour cela. Il lui faut une épaule forte sur laquelle s'appuyer. Peu importe si c'est une épaule qui a d'abord été féminine, du moment qu'elle est solide. Et Yves semble l'être.

Je dois reconnaître que bien des choses nous séparent ma sœur et moi : je n'ai pas son problème génétique et j'ai toujours refusé pour moi le rêve qu'elle convoitait. J'espère même bien ne jamais garder son futur mioche, à moins d'un gros problème ou d'une urgence. Mais je ne pense pas pour autant qu'elle soit égoïste avec son désir d'enfant post mortem ; et je sais qu'elle non plus ne pense pas ça de mon choix. Nous ne jugeons pas, nous nous respectons. Au fond… c'est vraiment là toute la différence.

e.l.n.z.

Quand elle n'est pas en train de réparer des corps et de calmer des esprits, e.l.n.z. file à travers le temps (lorsqu'il lui en reste) armée de son stylo qu'elle utilise pour décortiquer des scènes ou des situations de ce monde avant de les transposer dans d'autres univers.

Entre autres, elle avoue aimer la philosophie, tout ce qui a trait à la réflexion, les (vrais) débats (étonnant !), la physique, la solitude et l'idée de pouvoir conserver en société un silence que son naturel tend à cultiver. Ainsi que l'humour. N'oublions pas l'humour.